紅樓夢第十六回

賈元春才選鳳藻宮　秦鯨卿夭逝黃泉路

且說秦鐘寶玉二人跟著鳳姐自鐵檻寺照應一番坐車進城到家見過賈母王夫人等回到自己房中一夜無話至次日寶玉見收拾了外書房約定了和秦鐘念夜書偏偏那秦鐘秉賦最弱因在郊外受了些風霜又與智能兒幾次偷期綣繾未免失于檢點回來時便咳嗽傷風飲食懶進大有不勝之態只在家中調養不能上學寶玉便掃了興然亦無法只得候他病痊再議那鳳姐却已得了雲光的回信俱已妥協老尼達知張家那守備無奈何忍氣吞聲受了前聘之物誰知愛勢貪財的父

母却養了一個知義多情的女兒聞得退了前夫另許李門他便一條汗巾悄悄的尋了自盡那守備之子誰知也是個情種聞知金哥自縊遂投河而死可憐張李二家沒趣真是人財兩空這裡鳳姐却安享了三千兩王夫人連一點消息也不知自此鳳姐胆識愈壯以後所作所為諸如此類不可勝數一日正是賈政的生辰寧榮二處人丁都齊集慶賀熱鬧非常忽有門吏報道有六宮都太監夏老爺特來降旨唬的賈赦賈政一干人不知何事忙止了戲文撤去酒席擺香案啟中門跪接早見都太監夏秉忠乘馬而至又有許多跟從的內監那夏太監也不曾負詔捧勅直至正廳下馬滿面笑容走至廳上南面而立

口內說奉特旨立刻宣賈政入朝在臨敬殿陛見說畢也不吃茶便乘馬去了賈政等也猜不出是何來頭只得即忙更衣入朝賈母等合家人心俱惶惶不定不住的使人飛馬來往探信有兩個時辰忽見賴大等三四個管家喘吁吁跑進儀門報喜又說奉老爺的命就請老太太率領太太等進宮謝恩呢那時賈母心神不定在大堂廊下佇候邢王二夫人尤氏李紈鳳姐迎春姊妹以及薛姨媽等皆聚在一處打聽信息賈母又喚進賴大來細問端底賴大禀道奴才們只在外朝房伺候着裡頭的信息一槩不知後來夏太監出來道喜說偺們家的大姑奶奶封為鳳藻宮尚書加封賢德妃後來老爺出來也這麼吩咐

如今老爺又往東宮裡去了急速請太太們去謝恩賈母等聽了方放下心來一時皆喜見於面于是都按品大粧起來賈母率領邢王二夫人并尤氏一共四乘大轎魚貫入朝賈赦賈珍亦換了朝服帶領賈薔賈蓉奉侍賈母前往寧榮兩處上下內外人等莫不歡天喜地獨有寶玉置若罔聞你道什麼緣故原來近日水月庵的智能私逃入城來找秦鐘不意被秦邦業知覺將智能逐出將秦鐘打了一頓自已氣的老病發了三五日便嗚呼哀哉了秦鐘本自怯弱又帶病未痊受了笞杖今見老父氣死悔痛無及又添了許多病症因此寶玉心中悵悵不樂雖有元春晉封之事那解得他的愁悶賈母等如何謝恩如何

回家親友如何來慶賀寧榮兩府近日如何熱鬧衆人如何得意獨他一個皆視有如無毫不介意因此衆人嘲他越發獃了且喜賈璉與黛玉回來先遣人來報信明日就可到家了寶玉聽了方略有些喜意細問原由方知賈雨村也進京引見皆由王子騰累上荐本此來候補京缺與賈璉是同宗弟兄又與黛玉有師徒之誼故同路作伴而來林如海已葬入祖塋了諸事停妥賈璉這番進京若按站走時本該出月到家因聽見元春喜信遂晝夜兼程而進一路俱各平安寶玉只問了黛玉好餘者也就不在意了好容易盼到明日午錯果報璉二爺和林姑娘進府了見面時彼此悲喜交集未免大哭一塲又致慶慰之

詞寶玉細看那黛玉時越發出落的超逸了黛玉又帶了許多書籍來忙著打掃臥室安排器具又將些紙筆等物分送與寶釵迎春寶玉等寶玉又將北靜王所贈零苓香串珍重取出來轉送黛玉黛玉說什麼臭男人拿過的我不要這東西遂擲還不取寶玉只得收回暫且無話且說賈璉自回家見過衆人回至房中正值鳳姐事繁無片刻閒空見賈璉遠路歸來少不得撥冗接待因房內別無外人便笑道國舅老爺大喜國舅老爺一路風塵辛苦小的聽見昨日的頭起報馬來說今日大駕歸府略預備了一杯水酒撣塵不知可賜光謬領否賈璉笑道豈敢豈敢多承多承一面平兒與衆丫鬟叅見畢端上茶來賈璉

遂問別後家中諸事又謝鳳姐的辛苦鳳姐道我那裡管的上這些事來見識又淺嘴又笨心又直人家給個棒槌我就拿着認作針了臉又軟擱不住人家給兩句好話兒况且又没經過事胆子又小太太略有點不舒服就嚇的也睡不著了我苦辭過幾回太太不許倒說我圖受用不肯學習那裡知道我是捻着把汗兒呢一句也不敢多說一步也不敢妄行你是知道的偺們家所有的這些管家奶奶那一個是好纏的錯一點兒他們就笑話打趣偏一點兒他們就指桑罵槐的抱怨坐山看虎鬬借刀殺人引風吹火站乾岸兒推倒了油瓶兒不扶都是全掛子的本事况且我又年輕不壓人怨不得不把我擱在眼裡

更可笑那府裡蓉兒媳婦死了珍大哥再三在太太跟前跪着討情只要請我幫他幾天我再四推辭太太做情應了只得從命到底叫我鬧了個馬仰人番更不成個體統至今珍大哥還抱怨後悔呢你明兒見了他好歹賠釋賠釋就說我年輕原没見過世面誰叫大爺錯委了他呢說著只聽外間有人說話鳳姐便問是誰平兒進來回道姨太太打發香菱妹子來問我一句話我已經說了打發他回去了賈璉笑道正是呢我纔見姨媽去和一個年輕的小媳婦子剛走了個對臉兒長得好齊整模樣兒我想偺們家没這個人哪說話時問姨媽纔知道是打官司的那小丫頭子叫什麼香菱的竟給薛大傻子作了屋裡

人開了臉越發出挑的標緻了那薛大傻子真玷辱了他鳳姐把嘴一撇道哎往蘇杭走了一躺回來也該見點世面了還是這麼眼饞肚飽的你要愛他不值什麼我拿平兒換了他來好不好那薛老大也是吃着碗裡瞧着鍋裡的這一年來的時候他爲香菱兒不能到手和姑媽打了多少饑荒姑媽看着香菱的模樣兒好還是小事因他做人行事又比別的女孩子不同温柔安靜差不多兒的主子姑娘還跟不上他纔擺酒請客的費事明堂正道給他做了屋裡人過了沒半月也沒事人一大堆了一語未了二門上的小廝傳報老爺在大書房裡等着二爺呢賈璉聽了忙忙整衣出去這裡鳳姐因問平兒方纔姑媽有什麼事巴巴兒的打發香菱來平兒道那裡來的香菱是我借他暫撒個謊兒奶奶瞧旺兒嫂子越發連個算計兒也沒了說着又走至鳳姐身邊悄悄說道那項利銀早不送來晚不送來這會子二爺在家他偏送這個來了幸虧我在堂屋裡碰見了不然他走了來回奶奶叫二爺要是知道了咱們二爺那脾氣油鍋裡的還要撈出來花呢知道奶奶有了體己他還不大着胆子花麼所以我赶着接過來叫我說了他兩句誰知奶奶偏聽見了爲什麼當着二爺我纔只說是香菱來了呢鳳姐聽了笑道我說呢姑媽知道你二爺來了忽剌巴兒的打發個屋裡人來原來是你這蹄子鬧鬼說着賈璉已進來了鳳姐命擺

上酒饌來夫妻對坐鳳姐雖善飲却不敢任興正喝着見賈璉的乳母趙嬤嬤走來賈璉鳳姐忙讓吃酒叫他上炕去趙嬤嬤執意不肯平兒等早于炕沿設下一几擺一脚踏趙嬤嬤在脚踏上坐了賈璉向桌上揀兩盤餚饌與他放在几上自吃鳳姐又道媽媽狠嚼不動那個没的到硌了他的牙因問平兒道早起我說那一碗火腿燉肘子狠爛正好給媽媽吃你怎麽不拿了去赶着叫他們熱來又道媽媽你嚐一嚐你兒子帶來的惠泉酒趙嬤嬤道我喝呢奶奶也喝一鍾怕什麽只不要過多了就是了我這會子跑了來倒也不爲酒飯倒有一件正經事奶奶好又記在心裡疼顧我些罷我們這爺只是嘴裡說的好到

了跟前就忘了我們幸虧我從小兒奶了你這麽大我也老了有的是那兩個兒子你就另眼照看他們些別人也不敢呲牙兒的我還再三的求了你幾遍你答應的倒好如今還是落空這如今又從天上跑出這樣一件大喜事來那裡用不着人所以倒是來和奶奶說是正經靠着我們爺只怕我還餓死了呢鳳姐笑道媽媽你的兩個奶哥哥都交給我你從小兒奶的兒子還有什麽不知他那脾氣的拿着皮肉倒往那不相干的外人身上貼可是現放着奶哥哥那一個不比人强你疼顧照看他們誰敢說個不字兒没的白便宜了外人我這話也說錯了我們看着是外人你却看着是內人一樣呢說着滿屋裡人都

笑了趙嬤嬤也笑個不住又念佛道可是屋子裡跑出青天來了要說內人外人這些混賬事我們爺是沒有的不過是臉軟心慈擱不住人求兩句罷了鳳姐笑道可不是呢有內人的他纔慈軟呢他在偺們娘兒們跟前纔是剛硬呢趙嬤嬤道奶奶說的太盡情了我也樂了再喝一鍾好酒從此我們奶奶做了主我就沒的愁了賈璉此時不好意思只是赸笑道你們別胡說了快盛飯來吃還要到珍大爺那邊去商量事呢鳳姐道可是別悞了正事纔剛老爺叫你說什麼賈璉道就爲省親的事鳳姐忙問道省親的事竟准了賈璉笑道雖不十分準也有八九分了鳳姐笑道可是當今的恩典呢從來聽書聽戲古時候見也沒有的趙嬤嬤又接口道可是呢我也老糊塗了我聽見上上下下吵嚷了這些日子什麼省親不省親我也不理論如今又說省親到底是怎麼個緣故呢賈璉道如今當今體貼萬人之心世上至大莫如孝字想來父母兒女之性皆是一理不在貴賤上分的當今自爲日夜侍奉太上皇皇太后尚不能略盡孝意因見宮裡嬪妃才人等皆是入宮多年拋離父母豈有不思想之理且父母在家思想女兒不能一見倘因此成疾亦大傷天和之事所以啟奏太上皇皇太后每月逢二六日期准椒房眷屬入宮請候於是太上皇皇太后大喜深讚當今至孝純仁體天格物因此二位老聖人又下諭旨說椒房眷屬入宮

未免有關國體儀制母女尚未能愜懷竟大開方便之恩特降諭諸椒房貴戚除二六日入宮之恩外凡有重宇別院之家可以駐蹕關防者不妨啟請內廷鑾輿入其私第庶可盡骨肉私情共享天倫之樂事此旨下了誰不踴躍感戴現今周貴妃的父親已在家裡動了工修蓋省親的別院呢又有吳貴妃的父親吳天祐家也往城外踏看地方去了這豈非有八九分了趙嬤嬤道阿彌陀佛原來如此這樣說起咱們家也要預備接大姑奶奶了賈璉道這何用說不麼這會子忙的是什麼鳳姐笑道果然如此我可也見個大世面了可恨我小幾歲年紀若早生二三十年如今這些老人家也不薄我沒見世面了說起當

年太祖皇帝仿舜巡的故事比一部書還熱鬧我偏偏的沒趕上趙嬤嬤道噯喲那可是千載難逢的那時候我纔記事兒咱們賈府正在姑蘇揚州一帶監造海船修理海塘只預備接駕一次把銀子花的像淌海水是的說起來鳳姐忙接道我們王府裡也預備過一次那時我爺爺專管各國進貢朝賀的事凡有外國人來都是我們家養活粵閩滇浙所有的洋船貨物都是我們家的趙嬤嬤道那是誰不知道的如今還有個俗諺兒呢說東海少了白玉床龍王來請金陵王這說的就是奶奶府上了如今還有現在江南的甄家噯喲好勢派獨他們家接駕四次要不是我們親眼看見告訴誰也不信的別講銀子成了

糞土憑是世上有的沒有不是堆山積海的罪過可惜四個字竟顧不得了鳳姐道我常聽見我們大爺說也是這樣的豈有不信的只納罕他家怎麽就這樣富貴呢趙嬤嬤道告訴奶奶一句話也不過拿着皇帝家的銀子往皇帝身上使罷了誰家有那些錢買這個虛熱鬧去正說着王夫人又打發人來瞧鳳姐吃完了飯不曾鳳姐便知有事等他趕忙的吃了飯漱口要走又有二門上小厮們囘東府裡蓉薔二位哥兒來了賈璉纔漱了口平兒捧着盆盥手見他二人來了便問說什麽話鳳姐因亦止步只聽賈蓉先囘說我父親打發我來囘叔叔老爺們已經議定了從東邊一帶接着東府裡花園起至西北丈量了

一共三里半大可以蓋造省親別院了已經傳人畫圖樣去了明日就得叔叔纔囘家未免勞乏不用過我們那邊去有話明日一早再請過去面議賈璉笑說多謝大爺費心體諒我就從命不過去了正經是這個主意纔省事蓋造也容易若採置別的地方去那更費事且不成體統你囘去說這樣很好若老爺們再要改時全仗大爺諫阻萬不可另尋地方明日一早我給大爺請安去再細商量賈蓉忙應幾個是賈薔又近前囘說下姑蘇請聘教習採買女孩子置辦樂器行頭等事大爺派了姪兒帶領着賴管家兩個兒子還有單聘仁卜固修兩個清客相公一同前去所以叫我來見叔叔賈璉聽了將賈薔打諒了打

諒笑道你能彀在行麽這個事雖不甚大裡頭却有藏掖的賈薔笑道只好學着辦罷咧賈蓉在燈影兒後頭悄悄的拉鳳姐兒的衣裳襟兒鳳姐會意也悄悄的擺手兒佯作不知因笑道你也太操心了難道大爺比偺們還不會用人偏你又怕他不在行了誰都是在行的孩子們這麽大了没吃過猪肉也見過猪跑大爺派他去原不過是個坐纛旗兒難道認真的叫他講價錢會經紀去呢依我說狠好賈璉道這是自然不是我駁回少不得替他籌算籌算因問道這一項銀子動那一處的賈薔道剛纔也議到這裡賴爺爺說竟不用從京裡帶銀子去江南甄家還收着我們五萬銀子明日寫一封書信會票我們帶去先支三萬兩剩二萬存着等置辦彩燈花燭並各色簾帳的使用賈璉點頭道這個主意好鳳姐忙向賈薔道既這麽着我有兩個妥當人你就帶了去辦這可便宜你賈薔忙陪笑道正要和嬸娘討兩個人呢這可巧了因問名字鳳姐便問趙嬤嬤彼時趙嬤嬤已聽獃了平兒笑着推他纔醒悟過來忙說一個叫趙天樑一個叫趙天棟鳳姐道可别忘了我幹我的去了說著便出去了賈蓉忙跟出來悄悄的笑向鳳姐道你老人家要什麽開個賬兒帶去按着置辦了來鳳姐笑著啐道别放你娘的屁你拿東西換我的人情来了嗎我狠不希罕你那鬼鬼祟祟的說着一笑去了這里賈薔也問賈璉要什麽東西順便織來孝

敬賈璉笑道你別興頭纔學着辦事到先學會了這把戲短了什麽少不得寫信來告訴你說畢打發他二人去了接着回事的人不止三四起賈璉乏了便傳與二門上一應不許傳報俱待明日料理鳳姐至三更時分方下來安歇一宿無話次早賈璉起來見過賈赦賈政便往寧國府中來合同老管事的家人等並幾位世交門下清客相公們審察兩府地方繕畫省親殿宇一面察度辦理人丁自此後各行匠役齊全金銀銅錫以及土木磚瓦之物搬運移送不歇先令匠役拆寧府會芳園的墻垣樓閣直接入榮府東大院中榮府東邊所有下人一帶羣房已盡拆去當日寧榮二宅雖有一條小巷界斷不通然亦係私

地並非官道故可以聯絡會芳園本是從北墻角下引了來的一股活水今亦無煩再引其山樹木石雖不敷用賈赦住的乃是榮府舊園其中竹樹山石以及亭榭欄杆等物皆可挪就前來如此兩處又甚近便湊成一處省許多財力大槩算計起來所添有限全虧一個胡老名公號山子野一一籌畫起造賈政不慣于俗務只憑賈赦賈珍賈璉賴大賴升林之孝吳新登詹光程日興等幾人安插擺佈堆山鑿池起樓豎閣種竹栽花一應點景又有山子野制度下朝閒暇不過各處看看望望最要緊處和賈赦等商議商議便罷了賈赦只在家高臥有芥豆之事賈珍等或自去回明或寫畧節或有話說便傳呼賈璉賴大

等來領命賈蓉單管打造金銀器皿賈薔已起身往姑蘇去了賈珍賴大等又點人丁開冊籍監工等事一筆不能寫到不過是喧闐熱鬧而已暫且無話且說寶玉近因家中有這等大事賈政不來問他的書心中自是暢快無奈秦鐘之病日重一日也着實懸心不能快樂這日一早起來纔梳洗了意欲回了賈母去望候秦鐘忽見茗煙在二門影壁前探頭縮腦寶玉忙出來問他做什麼茗煙道秦大爺不中用了寶玉聽了嚇了一跳忙問道我昨兒纔瞧了他還明明白白的怎麼就不中用了呢茗烟道我也不知道剛纔是他家的老頭子來特告訴我的寶玉聽畢忙轉身回明賈母賈母吩咐派妥當人跟去到那里盡一盡同窗之情就回來不許多躭擱了寶玉忙出來更衣到外邊車猶未備急的滿廳亂轉一時催促的車到忙上了車李貴茗烟等跟隨來至秦家門首悄無一人遂蜂擁至內室嚇的秦鐘的兩個遠房嬸娘嫂子並幾個姐妹都藏之不迭此時秦鐘已發過兩三次昏易簀多時矣寶玉一見便不禁失聲的哭起來李貴忙勸道不可秦哥兒是弱症怕炕上硌的不受用所以暫且挪下來鬆泛些哥兒這一哭倒添了他的病了寶玉聽了方忍住近前見秦鐘面如白蠟合目呼吸展轉枕上寶玉忙叫道鯨哥寶玉來了連叫了兩三聲秦鐘不採寶玉又叫道寶玉來了那秦鐘早已魂魄離身只剩得一口悠悠餘氣在胸正見

許多鬼判持牌提索來捉他那秦鐘魂魄那里肯就去又記念着家中無人管理家務又惦記著智能兒尚無下落因此百般求告鬼判無奈這些鬼判都不肯徇私反叱吒秦鐘道虧你還是讀過書的人豈不知俗語說的閻王叫你三更死誰敢留人到五更我們陰間上下都是鐵面無私的不比陽間瞻情顧意有許多的關礙處正鬧着那秦鐘的魂魄忽聽見寶玉來了四字便忙又央求道列位神差略慈悲慈悲讓我回去和一個好朋友說一句話就來了衆鬼道又是什麼好朋友秦鐘道不瞞列位就是榮國公的孫子小名兒叫寶玉的那判官聽了先就唬的慌張起來忙喝罵那些小鬼道我說你們放了他回去走

走罷你們不依我的話如今鬧的請出個運旺時盛的人來了怎麼好衆鬼見都判如此也都忙了手脚一面又抱怨道你老人家先是那麼雷霆火炮原來見不得寶玉二字依我們想來他是陽間我們是陰間怕他亦無益那都判越發着急吆喝起來畢竟秦鐘死活如何且聽下回分解

紅樓夢第十六回終

紅樓夢第十七回

大觀園試才題對額　榮國府歸省慶元宵

話說秦鐘既死寶玉痛哭不止李貴等好容易勸解半日方住歸時還帶餘哀賈母帮了幾拾兩銀子外又另備奠儀寶玉去弔祭七日後便送殯掩埋了別無記述只有寶玉日日感悼思念不已然亦無可如何了又不知過了幾時纔罷這日賈珍等來回賈政園內工程俱已告竣大老爺已瞧過了只等老爺瞧了或有不妥之處再行改造好題匾額對聯賈政聽了沉思一會說道這匾對倒是一件難事論禮該請貴妃賜題纔是然貴妃若不親觀其景亦難懸擬若直待貴妃遊幸時再行請題若

大景致若干亭榭無字標題任是花柳山水也斷不能生色衆清客在旁笑答道老世翁所見極是如今我們有個主意各處匾對斷不可少亦斷不可定如今且按其景致或兩字三字四字虛合其意擬了來暫且做出燈匾對聯懸了待貴妃遊幸時再請定名豈不兩全賈政聽了道所見不差我們今日且看看去只管題了若妥便用若不妥將雨村請來令他再擬衆人笑道老爺今日一擬定佳何必又待雨村賈政笑道你們不知我自幼於花鳥山水題詠上就平平的如今上了年紀且案牘勞煩於這怡情悅性的文章更生踈了便擬出來也不免迂腐反使花柳園亭因而減色轉沒意思衆清客道這也無妨我們大

家看了公擬各舉所長優則存之劣則删之未爲不可賈政道此論極是且喜今日天氣和暖大家去逛逛說着起身引衆人前往賈珍先去園中知會可巧近日寶玉因思念秦鐘憂傷不已賈母常命人帶他到新園子裡來頑耍此時也纔進去忽見賈珍來了和他笑道你還不快出去呢一會子老爺就來了寶玉聽了帶着奶娘小廝們一溜烟跑出園來方轉過灣頂頭看見賈政引着衆客來了躲之不及只得一傍站住賈政近來聞得代儒稱讚他嵓能對對雖不喜讀書却有些歪才所以此時便命他跟入園中意欲試他一試寶玉未知何意只得隨往剛至園門只見賈珍帶領許多執事人旁邊侍立賈政道你且把園門關上我們先瞧外面再進去賈珍命人將門關上賈政先秉正看門只見正門五間上面筒瓦泥鰍脊那門欄窗槅俱是細雕時新花樣並無朱粉塗飾一色水磨羣墻下面白石臺階鑿成西番蓮花樣左右一望雪白粉墻下面虎皮石砌成紋理不落富麗俗套自是喜歡遂命開門進去只見一帶翠嶂擋在面前衆清客都道好山好山賈政道非此一山一進來園中所有之景悉入目中更有何趣衆人都道極是非胸中大有邱壑焉能想到這裡說畢往前一望見白石崚嶒或如鬼怪或似猛獸縱橫拱立上面苔蘚斑駁或藤蘿掩映其中微露羊腸小逕賈政道我們就從此小逕遊去回來由那一邊出去方可遍覽

說畢命賈珍前導自已扶了寶玉逶迤走進山口擡頭忽見山上有鏡面白石一塊正是迎面留題處賈政回頭笑道諸公請看此處題以何名方妙衆人聽說也有說該題疊翠二字的也有說該題錦嶂的又有說賽香爐的又有說小終南的種種名色不止幾十個原來衆客心中早知賈政要試寶玉的才情故此只將些俗套敷演寶玉也知此意賈政聽了便回頭命寶玉擬來寶玉道嘗聽見古人說編新不如述舊刻古終勝雕今況這裡並非主山正景原無可題不過是探景的一進步耳莫如直書古人曲逕通幽這舊句在上倒也大方衆人聽了讚道是極妙極二世兄天分高才情遠不似我們讀腐了書的賈政笑

道不當過獎他他年小的人不過以一知充十用取笑罷了再俟選擬說著進入石洞只見佳木龍葱奇花爛熳一帶清流從花木深處瀉於石隙之下再進數步漸向北邊平坦寬豁兩邊飛樓插空雕甍綉檻皆隱於山坳樹杪之間俯而視之但見青溪瀉玉石磴穿雲白石爲欄環抱池沼石橋三港獸面啣吐橋上有亭賈政與諸人到亭內坐了問諸公以何題此諸人都道當日歐陽公醉翁亭記有云有亭翼然就名翼然罷賈政笑道翼然雖佳但此亭壓水而成還須偏於水題爲稱依我拙裁歐陽公句瀉於兩峯之間竟用他這一個瀉字有一客道是極是極竟是瀉玉二字妙賈政拈髯尋思因叫寶玉也擬一個來寶

玉回道老爺方纔所說已是但如今追究了去似乎當日歐陽公題釀泉用一瀉字則妥今日此泉也用瀉字似乎不妥况此處既爲省親別墅亦當依應制之體用此等字亦似粗陋不雅求再擬蘊藉含蓄者賈政笑道諸公聽此論何如方才衆人編新你說不如述古如今我們述古你又說粗陋不妥你且說你的寶玉道用瀉玉二字則不若沁芳二字豈不新雅賈政拈髯點頭不語衆人都忙迎合稱贊寶玉才情不凡賈政道匾上二字容易再作一付七言對來寶玉四顧一望機上心來乃念道

繞堤柳借三篙翠　隔岸花分一脉香

賈政聽了點頭微笑衆人又稱贊了一番於是出亭過池一山

一石一花一木莫不著意觀覽忽抬頭見前面一帶粉垣數楹修舍有千百竿翠竹遮映衆人都道好個所在於是大家進入只見進門便是曲折遊廊堦下石子漫成甬路上面小小三間房舍兩明一暗裡面都是合着地步打的床几椅案從裡間房裡又有一小門出去却是後園有大株梨花濶葉芭蕉又有兩間小小退步後院墻下忽開一隙得泉一派開溝尺許灌入墻內繞堦緣屋至前院盤旋竹下而出賈政笑道這一處倒還好若能月夜至此窗下讀書也不枉虛生一世說着便看寶玉唬的寶玉忙垂了頭衆人忙用閒話解說又二客說此處的匾該題四個字賈政笑問那四字一個道是淇水遺風賈政道俗又

一個道是雎園遺跡賈政道也俗賈珍在旁說道還是寶兄弟擬一個罷賈政道他未曾做先要議論人家的好歹可見是個輕薄東西衆客道議論的是也無奈他何賈政忙道休如此縱了他因說道今日任你狂爲亂道等說出議論來方許你做方纔衆人說的可有使得的沒有寶玉見問便答道都似不妥賈政冷笑道怎麼不妥寶玉道這是第一處行幸之所必須頌聖方可若用四字的匾又有古人現成的何必再做賈政道難道淇水雎園不是古人的寶玉道這太板了莫若有鳳來儀四字衆人都鬨然叫妙賈政點頭道畜生畜生可謂管窺蠡測矣因命再題一聯來寶玉便念道

寶鼎茶閒煙尚綠　幽窗棋罷指猶凉

賈政搖頭道也未見長說畢引人出來方欲走時忽想起一事來問賈珍道這些院落屋宇並几案棹椅都算有了還有那些帳幔簾子並陳設玩器古董可也都是一處一處合式配就的麼賈珍回道那陳設的東西早已添了許多自然臨期合式陳設帳幔簾子昨日聽見璉兄弟說還不全那原是一起工程之時就畫了各處的圖樣量准尺寸就打發人辦去的想必昨日得了一半賈政聽了便知此事不是賈珍的首尾便叫人去喚賈璉一時來了賈政問他共有幾宗現今得了幾宗尚欠幾宗賈璉見問忙向靴筩內取出靴掖裡裝的一個紙摺略節來看

了一看回道粧蟒灑堆刻絲彈墨並各色紬綾大小幔子一百二十架昨日得了八十架下欠四十架簾子二百掛昨日俱得了外有猩猩毡簾二百掛湘妃竹簾一百掛金絲藤紅漆竹簾一百掛黒漆竹簾一百掛五彩線絡盤花簾二百掛每樣得了一半也不過秋天都全了椅搭棹圍床裙杌套每分一千二百件也有了一面說一面走忽見青山斜阻轉過山懷中隱隱露出一帶黃泥墻墻上皆用稻莖掩護有幾百枝杏花如噴火蒸霞一般裡面數楹茅屋外面却是桑榆槿柘各色樹稚新條隨其曲折編就兩溜青籬籬外山坡之下有一土井傍有桔槔轆轤之屬下面分畦列畝佳蔬菜花一望無際賈政笑道倒是此

處有些道理雖係人力穿鑿却入目動心未免勾引起我歸農之意我們且進去歇息歇息說畢方欲進去忽見籬門外路傍有一石亦爲留題之所衆人笑道更妙更妙此處若懸匾待題則田舍家風一洗盡矣立此一碣又覺許多生色非范石湖田家之咏不足以盡其妙賈政道諸公請題衆人云方纔世兄云編新不如述舊此處此人已道盡矣莫若直書杏花村爲妙賈政聽了笑向賈珍道正虧提醒了我此處都好只是還少一個酒幌明日竟做一個來就依外面村庄的式樣不必華麗用竹竿挑在樹梢頭賈珍答應了又回道此處竟不必養別樣雀鳥只養些鵝鴨雞之類纔相稱賈政與衆人都說好賈政又向衆

人道杏花村固佳只是犯了正村名直待請名方可衆客都道是呀如今虛的邦是何字樣好呢大家正想寶玉邦等不得了也不等賈政的話便說道舊詩云紅杏梢頭挂酒旗如今莫若且題以杏帘在望四字衆人都道好個在望又暗合杏花村意思寶玉冷笑道村名若用杏花二字便俗陋不堪了唐人詩裡還有柴門臨水稻花香何不用稻香村的妙衆人聽了越發同聲拍手道妙賈政一聲斷喝無知的畜生你能知道幾個古人能記得幾首舊詩敢在老先生們跟前賣弄方纔任你胡說也不過試你的清濁取笑而已你就認真了說着引衆人步入茆堂裡面紙窗木榻富貴氣象一洗皆盡賈政心中自是歡喜邦瞅寶玉道此處如何衆人見問都忙悄悄的推寶玉教他說好寶玉不聽人言便應聲道不及有鳳來儀多了賈政聽了道咳無知的蠢物你只知朱樓畫棟惡賴富麗爲佳那裡知道這清幽氣象呢終是不讀書之過寶玉忙答道老爺教訓的固是但古人云天然二字不知何意衆人見寶玉牛心都怕他討了沒趣今見問天然二字衆人忙道哥兒別的都明白如何天然反要問呢天然者天之自成不是人力之所爲的寶玉道邦又來此處置一田庄分明是人力造作成的遠無隣村近不負郭背山無脉臨水無源高無隱寺之塔下無通市之橋峭然孤出似非大觀邦及前數處有自然之理自然之趣呢雖種竹引泉亦

不傷穿鑿古人云天然圖畫四字正恐非其地而強爲其地非
其山而強爲其山即百般精巧終不相宜未及說完賈政氣的
喝命扠出去纔出去又喝命回來命再題一聯若不通一併打
嘴巴寶玉嚇的戰兢兢的半日只得念道

新綠漲添澣葛處　好雲香護采芹人

賈政聽了搖頭道更不好一面引人出來轉過山坡穿花度柳
撫石依泉過了荼蘼架入木香棚越牡丹亭度芍藥圃到薔薇
院傍芭蕉塢裡盤旋曲折忽聞水聲潺潺出于石洞上則蘿薜
倒垂下則落花浮蕩衆人都道好景好景賈政道諸公題以何
名衆人道再不必擬了恰恰乎是武陵源三字賈政笑道又落

塞了而且陳舊衆人笑道不然就用秦人舊舍四字也罷寶玉
道越發背謬了秦人舊舍是避亂之意如何使得莫若蓼汀花
溆四字賈政聽了道更是胡說於是賈政進了港洞又問賈珍
有船無船賈珍道採蓮船共四隻座船一隻如今尚未造成賈
政笑道可惜不得入了賈珍道從山上盤道也可以進去的說
畢在前導引大家攀藤撫樹過去只見水上落花愈多其水愈
加清溜溶溶蕩蕩曲折縈紆池邊兩行垂柳雜以桃杏遮天無
一些塵土忽見柳陰中又露出一個折帶朱欄板橋來度過橋
去諸路可通便見一所清涼瓦舍一色水磨磚牆清瓦花堵那
大主山所分之脈皆穿牆而過賈政道此處這一所房子無味

的很因而步入門時忽迎面突出插天的大玲瓏山石來四面羣繞各式石塊竟把裡面所有房屋悉皆遮住且一樹花木也無只見許多異草或有牽藤的或有引蔓的或垂山巔或穿石脚甚至垂簷繞柱縈砌盤堦或如翠帶飄飖或如金繩蟠屈或實若丹砂或花如金桂味香氣馥非凡花之可比賈政不禁道有趣只是不大認識有的說是薜荔藤蘿賈政道薜荔藤蘿那得有此異香寶玉道果然不是這衆草中也有藤蘿薜荔那香的是杜若蘅蕪那一種大約是茝蘭這一種大約是金葛那一種是金萫草這一種是玉蕗藤紅的自然是紫芸綠的定是青芷想來那離騷文選所有的那些異草有叫作什麼藿納薑彙

的也有叫作什麼綸組紫絳的還有什麼石帆清松扶留等樣的見于左太冲吳都賦又有叫作什麼綠荑的還有什麼丹椒蘼蕪風蓮見於蜀都賦如今年深歲改人不能識故皆像形奪名漸漸的喚差了也是有的未及說完賈政喝道誰問你來唬的寶玉倒退不敢再說賈政因見兩邊俱是超手游廊便順着游廊步入只見上面五間清廈連着捲棚四面出廊綠窗油壁更比前清雅不同賈政歎道此軒中煮茗操琴也不必再焚香了此造却出意外諸公必有佳作新題以顏其額方不負此衆人笑道莫若蘭風蕙露貼切了賈政道也只好用這四字其聯云何一人道我想了一對大家批削改正道是

蘅蕪芳靄斜陽院・杜若香飄明月洲

衆人道妙則妙矣只是斜陽二字不妥那人引古詩蘼蕪滿院斜泣陽句衆人云頹喪頹喪又一人道我也有一聯諸公評閱評閱念道

三徑香風飄玉蕙　一庭明月照金蘭

賈政拈鬚沉吟意欲也題一聯忽抬頭見寶玉在傍不敢作聲因喝道怎麽你應説話時又不説了還要等人請教你不成寶玉聽了回道此處並沒有什麽蘭麝明月洲渚之類若要這樣著迹説來就題二百聯也不能完賈政道誰按着你的頭教你必定説這些字樣呢寶玉道如此説則匾上莫若蘅芷清芬四字對聯則是

吟成豆蔻詩猶艷　睡足荼蘼夢亦香

賈政笑道這是套的書成蕉葉文猶緑不足爲奇衆人道李太白鳳凰臺之作全套黄鶴樓只要套得妙如今細評起來方纔這一聯竟比書成蕉葉尤覺幽雅活動賈政笑道豈有此理説着大家出來走不多遠則見崇閣巍峩層樓高起面面琳宫合抱迢迢複道縈紆青松拂簷玉蘭繞砌金輝獸面彩煥螭頭賈政道這是正殿了只是太富麗了些衆人都道要如此方是雖然貴妃崇尚節儉然今日之尊禮儀如此不爲過也一面説一面走只見正面現出一座玉石牌坊上面龍蟠螭護玲瓏鑿就

賈政道此處書以何文衆人道必是蓬萊仙境方妙賈政搖頭不語寶玉見了這個所在心中忽有所動尋思起來倒像在那裡見過的一般却一時想不起那年那日的事了賈政又命他題咏寶玉只顧細思前景全無心于此了衆人不知其意只當他受了這半日折磨精神耗散才盡詞窮了再要牛難逼迫着了急或生出事來倒不便遂忙都勸賈政道罷了明日再題罷了賈政心中也怕賈母不放心遂冷笑道你這畜生也竟有不能之時了也罷限你一日明日題不來定不饒你這是第一要緊處所要好生作來說著引人出來再一觀望原來自進門至此纔遊了十之五六又值人來回有雨村處遣人回話賈政笑道此數處不能遊了雖如此到底從那一邊出去也可畧觀大概說着引客行來至一大橋水如晶簾一般奔入原來這橋邊是通外河之閘引泉而入者賈政因問此閘何名寶玉道此乃沁芳源之正流即名沁芳閘賈政道胡說偏不用沁芳二字於是一路行來或清堂或茅舍或堆石為垣或編花為門或山下得幽尼佛寺或林中藏女道丹房或長廊曲洞或方廈圓亭賈政皆不及進去因半日未嘗歇息腿酸脚軟忽又見前面露出一所院落來賈政道到此可要歇息歇息了說着一徑引入繞着碧桃花穿過竹籬花障編就的月洞門俄見粉垣環護緑柳週垂賈政與衆人進了門兩邊盡是遊廊相接院中點襯幾塊

山石一邊種幾本芭蕉那一邊是一樹西府海棠其勢若傘絲
垂金縷葩吐丹砂衆人都道好花好花海棠也有從没見過這
樣好的賈政道這叫做女兒棠乃是外國之種俗傳出女兒國
故花最繁盛亦荒唐不經之說耳衆人道畢竟此花不同女國
之說想亦有之寶玉云大約騷人咏士以此花紅若施脂弱如
扶病近乎閨閣風度故以女兒命名世人以訛傳訛都未免認
真了衆人都說領教妙解一面說話一面都在廊下榻上坐了
賈政因道想幾個什麽新鮮字來題一客道蕉鶴二字妙又一
個道崇光泛彩方妙賈政與衆人都道好個崇光泛彩寶玉也
道妙又說只是可惜了衆人問如何可惜寶玉道此處蕉棠兩

植其意暗蓄紅緑二字在内若說一樣遺漏一樣便不足取賈
政道依你如何寶玉道依我題紅香緑玉四字方兩全其美賈
政搖頭道不好不好說着引人進入房内只見其中收拾的與
别處不同竟分不出間隔來的原來四面皆是雕空玲瓏木板
或流雲百蝠或歲寒三友或山水人物或翎毛花卉或集錦或
博古或萬福萬壽各種花樣皆是名手雕鏤五彩銷金嵌玉的
一隔一隔或貯書或設鼎或安置筆硯或供設瓶花或安放盆
景其隔式樣或圓或方或葵花蕉葉或連環半璧真是花團錦
簇剔透玲瓏條爾五色紗糊竟係小窗條爾彩綾輕覆竟如幽
戶且滿墻皆是隨依古董玩器之形摳成的槽子如琴劍懸瓶

之類俱懸於壁却都是與壁相平的衆人都讚好精緻難爲怎麽做的原來賈政走進來了未到兩層便都迷了舊路左瞧也有門可通右瞧也有窗隔斷及到跟前又被一架書擋住回頭又有窗紗明透門徑及至門前忽見迎面也進來了一起人與自己的形相一樣却是一架大玻璃鏡轉過鏡去一發見門多了賈珍笑道老爺隨我來從這裡出去就是後院出了後院倒比先近了引着賈政及衆人轉了兩層紗厨果得一門出去院中滿架薔薇轉過花障只見青溪前阻衆人咤異這水又從何而來賈珍遥指道原從那閘起流至那洞口從東北山凹裡引到那村庄裡又開一道岔口引至西南上共總流到這裡仍舊

合在一處從那墻下出去衆人聽了都道神妙之極說著忽見大山阻路衆人都迷了路賈珍笑道跟我來乃在前導引衆人隨着由山脚下一轉便是平坦大路豁然大門現於面前衆人都道有趣有趣搜神奪巧至于此極於是大家出來那寶玉一心只記掛着裡邊姊妹們又不見賈政吩咐只得跟到書房賈政忽想起來道你還不去看老太太惦記你難道還逛不足麽寶玉方退了出來至院外就有跟賈政的小厮上來抱住說道今日虧了老爺喜歡方纔老太太打發人出來問了幾遍我們回說老爺喜歡要不然老太太叫你進去了就不得展才了人人都說你纔那些詩比衆人都强今兒得了彩頭該賞我們了

寶玉笑道每人一吊衆人道誰沒見那一吊錢把這荷包賞了罷說着一個個都上來解荷包解扇袋不容分說將寶玉所佩之物盡行解去又道好生送上去罷一個個圍繞著送至賈母門前那時賈母正等着他見他來了知道不曾難為他心中自是喜歡少時襲人倒了茶來見身邊佩物一件不存因笑道帶的東西必又是那起沒臉的東西們解了去了黛玉聽說走過來一瞧果然一件沒有因向寶玉道我給你的那個荷包也給他們了你明兒再想我的東西可不能彀了說畢生氣回房將前日寶玉囑付他沒做完的香袋兒拿起剪子來就鉸寶玉見他生氣便忙赶過來早已剪破了寶玉曾見過這香袋雖未完

工却十分精巧無故剪了却也可氣因忙把衣領解了從裡面衣襟上將所繫荷包解下來了遞與黛玉道你瞧瞧這是什麽東西我何從把你的東西給人來着黛玉見他如此珍重帶在裡面可知是怕人拿去之意因此自悔莽撞剪了香袋低着頭一言不發寶玉道你也不用鉸我知你是懶怠給我東西我連這荷包奉還何如說着擲向他懷中而去黛玉越發氣的哭了拿起荷包又鉸寶玉忙回身搶住笑道好妹妹饒了他罷黛玉將剪子一摔拭淚說道你不用合我好一陣歹一陣的要惱就撂開手說着賭氣上床面向裡倒下拭淚禁不住寶玉上來妹妹長妹妹短賠不是前面賈母一片聲找寶玉衆人回說在林

姑娘房裡賈母聽說道好好讓他姐妹們一處頑頑兒罷纔他老子拘了他這半天讓他鬆泛一會子罷只別叫他們拌嘴衆人答應著黛玉被寶玉纏不過只得起來道你的意思不叫我安生我就離了你說著往外就走寶玉笑道你到那裡我跟到那裡一面仍拿着荷包來帶上黛玉伸手搶道你說不要這會子又帶上我也替你怪臊的說着嗤的一聲笑了寶玉道好妹妹明兒另替我做個香袋兒罷黛玉道那也瞧我的高興罷了一面說一面二人出房到王夫人上房中去了可巧寶釵也在那裡此時王夫人那邊熱鬧非常原來賈薔已從姑蘇採買了十二個女孩子並聘了教習以及行頭等事來了那時薛姨媽

另於東北上一所幽靜房舍居住將梨香院另行修理了就令教習在此教演女戲又另派了家中舊曾學過歌唱的衆女人們如今皆是皤然老嫗着他們帶領管理其日月出入銀錢等事以及諸凡大小所需之物料賬目就令賈薔總理又有林之孝來回採訪聘買得十二個小尼姑小道姑都到了連新做的二十分道袍也有了外又有一個帶髮修行的本是蘇州人氏祖上也是讀書仕宦之家因自幼多病買了許多替身皆不中用到底這姑娘入了空門方纔好了所以帶髮修行今年十八歲取名妙玉如今父母俱已亡故身邊只有兩個老嬤嬤一個小丫頭伏侍文墨也極通經典也極熟模樣又極好因聽說長

安都中有觀音遺跡並貝葉遺文去年隨了師父上來現在西門外牟尼院住着他師父精演先天神數於去冬圓寂了遺言說他不宜回鄉在此靜候自有結果所以未曾扶靈回去王夫人便道這樣我們何不接了他來林之孝家的回道若請他他說侯門公府必以貴勢壓人我再不去的王夫人道他既是宦家小姐自然要性傲些就下個請帖請他何妨林之孝家的答應着出去叫書啟相公寫個請帖去請妙玉次日遣人備車轎去接不知後來如何且聽下回分解

紅樓夢第十七回終

紅樓夢第十八囘

皇恩重元妃省父母　天倫樂寶玉呈才藻

話說彼時有人囘工程上等着糊東西的紗綾請鳳姐去開庫又有人來囘請鳳姐收金銀器皿王夫人並上房丫鬟等皆不得空兒寶釵因說道偺們別在這裡碍手碍脚說着和寶玉等便往迎春房中來王夫人日日忙亂直到十月裡纔全備了監辦的都交清賬目各處古董文玩俱已陳設齊備採辦鳥雀自仙鶴鹿兎以及雞鵝等亦已買全交於園中各處飼養賈薔那邊也演出二三十齣雜戲來一班小尼姑道姑也都學會念佛誦經於是賈政略覺心中安頓遂請賈母到園中色色斟酌點

綴妥當再無些微不合之處賈政纔敢題本本上之日奉旨於明年正月十五日上元之日貴妃省親賈府奉了此旨一發日夜不閑連年也不能好生過了轉眼元宵在邇自正月初八就有太監出來先看方向何處更衣何處燕坐何處受禮何處開宴何處退息又有廵察地方總理關防太監帶了許多小太監來各處關防擋圍幙指示賈宅人員何處出入何處進膳何處啟事種種儀注外面又有工部官員幷五城兵馬司打掃街道攆逐閑人賈赦等監督匠人扎花燈烟火之類至十四日俱已停妥這一夜上下通不曾睡至十五日五鼓自賈母等有爵者俱各按品大裝大觀園內帳舞蟠龍簾飛繡鳳金銀煥彩珠寶

生輝鼎焚百合之香瓶插長春之蕊靜悄悄無一人咳嗽賈赦等在西街門外賈母等在榮府大門外街頭巷口用圍幙擋嚴正等的不耐煩忽見一個太監騎著匹馬來了賈政接着問其消息太監道早多着呢未初用晚膳未正還到寶靈宮拜佛酉初進大明宮領宴看燈方請旨只怕戌初纔起身呢鳳姐聽了道既這樣老太太和太太且請回房等到了時候再來也還不遲於是賈母等自便去了園中俱賴鳳姐照料執事人等帶領太監們去吃酒飯一面傳人挑進臘燭各處點起燈來忽聽外面馬跑之聲不一有十來個太監喘吁吁跑來拍手兒這些太監都會意知道是來了各按方向站立賈赦領合族子弟在西

街門外賈母領合族女眷在大門外迎接半日靜悄悄的忽見兩個太監騎馬緩緩而來至西街門下了馬將馬趕出圍幙之外便面西站立半日又是一對亦是如此少時便來了十來對方聞隱隱鼓樂之聲一對對鳳翣龍旌雉羽宮扇又有銷金提爐焚着御香然後一把曲柄七鳳金黃傘過來便是冠袍帶履又有執事太監捧着香巾綉帕漱盂拂塵等物一隊隊過完後面方是八個太監抬著一頂金頂鵝黃繡鳳鸞輿緩緩行來賈母等連忙跪下早有太監過來扶起賈母等來將那鑾輿抬入大門往東一所院落門前有太監跪請下輿更衣於是入門太監散去只有昭容彩嬪等引着元春下輿只見苑內各色花燈

燗灼皆係紗綾扎成精緻非常上面有一燈匾寫着體仁沐德四個字元春入室更衣復出上輿進園只見園中香烟繚繞花影繽紛處處燈光相映時時細樂聲喧說不盡這太平景象富貴風流却說賈妃在轎內看了此園內外光景因點頭歎道太奢華過費了忽又見太監跪請登舟賈妃下輿登舟只見清流一帶勢若游龍兩邊石欄上皆係水晶玻璃各色風燈點的如銀光雪浪上面柳杏諸樹雖無花葉却用各色紬綾紙絹及通草爲花粘於枝上每一株懸燈萬盞更兼池中荷荇鳧鷺諸燈亦皆係螺蚌羽毛做就的上下爭輝水天煥彩真是玻璃世界珠寶乾坤船上又有各種盆景珠簾綉幙桂楫蘭橈自不必說

了已而入一石港港上一面匾燈明現着蓼汀花溆四字看官聽說這蓼汀花溆及有鳳來儀等字皆係上回賈政偶試寶玉之才何至便認真用了想賈府世代詩書自有一二名手題詠豈似暴富之家竟以小兒語搪塞了事呢只因當日這賈妃未入宮時自幼亦係賈母教養後來添了寶玉賈妃乃長姊寶玉爲幼弟賈妃念母年將邁始得此弟是以獨愛憐之且同侍賈母刻不相離那寶玉未入學之先三四歲時已得元妃口傳教授了幾本書識了數千字在腹中雖爲姊弟有如母子自入宮後時時帶信出來與父兄說千萬好生扶養不嚴不能成器過嚴恐生不虞且致祖母之憂眷念之心刻刻不忘前日賈政聞

塾師讀他儘有才情故于遊園時聊一試之雖非名公大筆却是本家風味且使賈妃見之知愛弟所爲亦不負其平日切望之意因此故將寶玉所題用了那日未題完之處後來又補題了許多且說賈妃看了四字笑道花溆二字便好何必蓼汀侍坐太監聽了忙下舟登岸飛傳與賈政賈政聞刻換了彼時舟臨內岸去舟上輿便見琳宮綽約桂殿巍峩石牌坊上寫着天仙寶境四大字賈妃命換了省親別墅四字于是進入行宮只見庭燎繞空香屑布地火樹琪花金窗玉檻說不盡簾捲蝦鬚毯鋪魚獺鼎飄麝腦之香屏列雉尾之扇眞是

金門玉戶神仙府　桂殿蘭宮妃子家

賈妃乃問此殿何無匾額隨侍太監跪啟道此係正殿外臣未敢擅擬賈妃點頭禮儀太監請升座受禮兩階樂起二太監引赦政等於月臺下排班上殿昭容傳諭曰免乃退又引榮國太君及女眷等自東階陞月臺上排班昭容再諭曰免於是亦退茶三獻賈妃降座樂止退入側室更衣方備省親車駕出園至賈母正室欲行家禮賈母等俱跪止之賈妃垂淚彼此上前廝見一手挽賈母一手挽王夫人三人滿心皆有許多話但說不出只是嗚咽對泣而已邢夫人李鳳迎探惜等俱在旁垂淚無言半日賈妃方忍悲强笑安慰道當日既送我到那不得見人的去處好容易今日回家娘兒們這時不說不笑反到哭個不

了一會子我去了又不知多早晚纔能一見說到這句不禁又哽咽起來邢夫人忙上來勸解賈母等讓賈妃歸坐又逐次一一見過又不免哭泣一番然後東西兩府執事人等在外廳行禮其媳婦丫鬟行禮畢賈妃歎道許多親眷可惜都不能見面王夫人啟道現有外親薛王氏及寶釵黛玉在外候旨外眷無職不敢擅入賈妃即請來相見一時薛姨媽等進來欲行國禮元妃降旨免過上前各叙闊别又有原帶進宮的丫鬟抱琴等叩見賈母連忙扶起命人别室款待執事太監及彩嬪昭容各侍從人等寧府及賈赦那宅兩處自有人款待只留三四個小太監答應母女姊妹不免叙些久别的情景及家務私情又有賈政至簾外問安行參等事元妃又向其父說道田舍之家虀鹽布帛得遂天倫之樂今雖富貴骨肉分離終無意趣賈政亦含淚啟道臣草芥寒門鳩羣鴉屬之中豈意得徵鳳鸞之瑞今貴人上錫天恩下昭祖德此皆山川日月之精華祖宗之遠德鍾于一人幸及政夫婦且今上體天地生生之大德垂古今未有之曠恩雖肝腦塗地豈能報效萬一惟朝乾夕惕忠於厥職伏願聖君萬歲千秋乃天下蒼生之福也貴妃切勿以政夫婦殘年爲念更祈自加珍愛惟勤慎肅恭以侍上庶不負上眷顧隆恩也賈妃亦囑以國事宜勤暇時保養切勿記念賈政又啟園中所有亭臺軒館皆係寶玉所題如果有一二可寓目者請

即賜名爲幸元妃聽了寶玉能題便含笑說道果進益了賈政退出元妃因問寶玉因何不見賈母乃啟道無職外男不敢擅入元妃命引進來小太監引寶玉進來先行國禮畢命他近前攜手攬于懷內又撫其頭頸笑道比先長了好些一語未終淚如雨下尤氏鳳姐等上來啟道筵宴齊備請貴妃遊幸元妃起身命寶玉導引遂同諸人步至園門前早見燈光之中諸般羅列進園先從有鳳來儀紅香綠玉杏帘在望蘅芷清芬等處登樓步閣涉水緣山眺覽徘徊一處處鋪陳華麗一樁樁點綴新奇元妃極加獎讚又勸以後不可太奢了此皆過分既而來至正殿降諭免禮歸坐大開筵宴賈母等在下相陪尤氏李紈鳳

姐等捧羹把盞元妃乃命筆硯伺候親拂羅箋擇其喜者賜名因題其園之總名曰大觀園

正殿匾額云

顧恩思義

對聯云

天地啟宏慈赤子蒼生同感戴

古今垂曠典九州萬國被恩榮

又改題

有鳳來儀賜名瀟湘館

紅香綠玉改作怡紅快綠賜名怡紅院

蘅芷清芬賜名蘅蕪院

杏帘在望賜名浣葛山莊

正樓曰大觀樓

東面飛樓曰綴錦樓

西面叙樓曰含芳閣

更有蓼風軒　藕香榭　紫菱洲　荇葉渚等名

匾額有梨花春雨　桐剪秋風　荻蘆夜雪等名

又命舊有匾聯不可摘去於是先題一絕句云

啣山抱水建來精　多少工夫築始成

天上人間諸景備　芳園應錫大觀名

題畢向諸姐妹笑道我素乏捷才且不長于吟咏姐妹輩素所深知今夜聊以塞責不負斯景而已異日少暇必補撰大觀園記並省親頌等文以記今日之事妹等亦各題一匾一詩隨意發揮不可為我微才所縛且知寶玉竟能題咏一發可喜此中瀟湘館蘅蕪苑二處我所極愛次之怡紅院浣葛山庄此四大處必得别有章句題咏方妙前所題之聯雖佳如今再各賦九言律一首使我當面試過方不負我自幼教授之苦心寶玉只得答應了下來自去構思迎春探春惜春三人中要算探春又出於姊妹之上然自忖似難與薛林争衡只得隨衆應命李紈也勉强作成一絶賈妃挨次看姊妹們的題咏寫道是

曠性怡情匾額　迎春

園成景物特精奇奉命羞題額曠怡誰信世間有此境游來寧不暢神思

文采風流匾額　探春

秀水名山抱復回風流文采勝蓬萊綠裁歌扇迷芳草紅襯湘裙舞落梅珠玉自應傳盛世神仙何幸下瑶臺名園一自邀遊賞未許凡人到此來

文章造化匾額　惜春

山水橫拖千里外樓臺高起五雲中園修日月光輝裏景奪文章造化功

萬象爭輝匾額　李紈

名園築就勢巍巍奉命多慚學淺微精妙一時言不盡果然萬物有光輝

凝暉鍾瑞匾額　薛寶釵

芳園築向帝城西華日祥雲籠罩奇高柳喜遷鶯出谷修篁時待鳳來儀文風已著宸遊夕孝化應隆歸省時睿藻仙才瞻仰處自慚何敢再爲辭

世外仙源匾額　林黛玉

宸遊增悅豫仙境別紅塵借得山川秀添來氣象新香融金谷酒花媚玉堂人何幸邀恩寵宮車過往頻

元妃看畢稱賞不已又笑道終是薛林二妹之作與衆不同非愚姊妹所及原來黛玉安心今夜大展奇才將衆人壓倒不想元妃只命一匾一咏倒不好違諭多做只胡亂做了一首五言律應命便罷了時寶玉尚未做完纔做了瀟湘館與蘅蕪苑兩首正做怡紅院一首起稿內有綠玉春猶捲一句寶釵轉眼瞥見便趂衆人不理論推他道貴人因不喜紅香綠玉四字纔改了怡紅快綠你這會子偏又用綠玉二字豈不是有意和他分馳了况且蕉葉之典故頗多再想一個改了罷寶玉見寶釵如此說便拭汗說道我這會子總想不起什麼典故出處來寶釵笑道你只把綠玉的玉字改作蠟字就是了寶玉道綠蠟可有

出處寶釵悄悄的咂嘴點頭笑道虧你今夜不過如此將來金殿對策你大約連趙錢孫李都忘了呢唐朝韓翃詠芭蕉詩頭一句冷燭無烟綠蠟乾都忘了麼寶玉聽了不覺洞開心意笑道該死該死眼前現成的句子竟想不到姐姐真是一字師了從此只叫你師傅再不叫姐姐了寶釵也悄悄的笑道還不快做上去只姐姐妹妹的誰是你姐姐那上頭穿黃袍的纔是你姐姐呢一面說笑因怕他躭延工夫遂抽身走開了寶玉續成了此首共有三首此時黛玉未得展才心上不快因見寶玉搆思太苦走至案旁知寶玉只少杏帘在望一首因叫他抄錄前三首却自已吟成一律寫在紙條上搓成個團子擲向寶玉跟

前寶玉打開一看覺比自巳做的三首高得十倍遂忙恭楷謄完呈上元妃看道是

有鳳來儀　　　　　寶玉

秀玉初成實堪宜待鳳凰竿竿青欲滴个个綠生凉迸砌防階水穿簾碍鼎香莫摇分碎影好夢正初長

蘅芷清芬

蘅蕪滿靜苑蘿薜助芬芳軟襯三春草柔拖一縷香輕烟迷曲徑冷翠濕衣裳誰謂池塘曲謝家幽夢長

怡紅快綠

深庭長日靜兩兩出嬋娟綠蠟春猶捲紅粧夜未眠凭欄

垂絳袖倚石護清烟對立東風裡主人應解憐

杏帘在望

杏帘招客飲在望有山庄菱荇鵝兒水桑榆燕子梁一畦春韭熟十里稻花香盛世無饑餒何須耕織忙

元妃看畢喜之不盡說果然進益了又指杏帘一首爲四首之冠遂將浣葛山庄改爲稻香村又命探春將方纔十數首詩另以錦箋謄出令太監傳與外廂賈政等看了都稱頌不已賈政又進歸省頌元妃又命以瓊酪金膾等物賜與寶玉並賈蘭此時賈蘭尚幼未諳諸事只不過隨母依叔行禮而已那時賈薔帶領一班女戲子在樓下正等得不耐煩只見一個太監飛跑

下來說做完了詩了快拿戲單來賈薔忙將戲目呈上並十二個人的花名册子少時點了四齣戲

第一齣豪宴　第二齣乞巧

第三齣仙緣　第四齣離魂

賈薔忙張羅扮演起來一個個歌有裂石之音舞有天魔之態雖是粧演的形容却做盡悲歡的情狀剛演完了一個太監托着一金盤糕點之屬進來問誰是齡官賈薔便知是賜齡官之物連忙接了命齡官叩頭太監又道貴妃有諭說齡官極好再做兩齣戲不拘那兩齣就是了賈薔忙答應了因命齡官做遊園驚夢二齣齡官自為此二齣非本角之戲執意不從定要做

相約相罵二齣賈薔扭不過他只得依他做了元妃甚喜命莫難為了這女孩子好生教習額外賞了兩疋宮緞兩個荷包並金銀錁子之類然後撤筵將未到之處復又遊玩忽見山環佛寺忙盥手進去焚香拜佛又題一匾云苦海慈航又額外加恩與一班幽尼女道少時太監跪啓賜物俱齊請驗按例行賞乃呈上略節元妃從頭看了無話即命照此而行太監下來一一發放原來賈母的是金玉如意各一柄沉香拐杖一根伽楠念珠一串富貴長春宮緞四疋福壽綿長宮紬四疋紫金筆錠如意錁十錠吉慶有餘銀錁十錠邢夫人等二分只減了如意拐珠四樣賈敬賈赦賈政等每分御製新書二部寶墨二匣金銀

盞各二隻表禮按前寶釵黛玉諸姊妹等每人新書一部寶硯一方新樣格式金銀錁二對寶玉和賈蘭是金銀項圈二個金銀錁二對尤氏李紈鳳姐等皆金銀錁四錠表禮四端另有表禮二十四端清錢五百串是賞與賈母王夫人及各姊妹房中奶娘眾丫鬟的賈珍賈璉賈環賈蓉等皆是表禮一端金銀錁一對其餘彩緞百疋白銀千兩御酒數瓶是賜東西兩府及園中管理工程陳設答應及司戲掌燈諸人的外又有清錢三百串是賜廚役優伶百戲雜行人等的眾人謝恩已畢執事太監啟道時已丑正三刻請駕回鑾元妃不由的滿眼又滴下淚來却又勉強笑着拉了賈母王夫人的手不忍放再四叮嚀不須

記掛好生保養如今天恩浩蕩一月許進內省視一次見面儘容易的何必過悲倘明歲天恩仍許歸省不可如此奢華糜費了賈母等已哭的哽噎難言元妃雖不忍別奈皇家規矩違錯不得的只得忍心上輿去了這裡眾人好容易將賈母勸住及王夫人攙扶出園去了未知如何下回分解

紅樓夢第十八回終

紅樓夢第十九回

情切切良宵花解語　意綿綿靜日玉生香

話說賈妃回宮次日見駕謝恩并回奏歸省之事龍顏甚悅又發內帑彩緞金銀等物以賜賈政及各椒房等員不必細說且說榮寧二府中連日用盡心力真是人人力倦各各神疲又將園中一應陳設動用之物收拾了兩三天方完第一個鳳姐事多任重別人或可偷閒躲靜獨他是不能脫得的二則本性要強不肯落人褒貶只扎掙着與無事的人一樣第一個寶玉是極無事最閒暇的偏這一早襲人的母親又親來回過賈母接襲人家去吃年茶晚上纔得回來因此寶玉只和衆丫頭們擲

骰子趕圍棋作戲正在房內頑得沒興頭忽見丫頭們來回說東府裡珍大爺來請過去看戲放花燈寶玉聽了便命換衣裳纔要去時忽又有賈妃賜出糖蒸酥酪來寶玉想上次襲人喜吃此物便命留與襲人了自己回過賈母過去看戲誰想賈珍這邊唱的是丁郎認父黃伯央大擺陰魂陣更有孫行者大鬧天宮姜太公斬將封神等類的戲文倏爾神鬼亂出忽又妖魔畢露內中揚旛過會號佛行香鑼皷喊叫之聲聞於巷外弟兄子侄互為獻酬姊妹婢妾共相笑語獨有寶玉見那繁華熱鬧到如此不堪的田地只畧坐了一坐便走往各處閒耍先是進內去和尤氏并丫頭姬妾鬼混了一回便出二門來尤氏等仍

料他出來看戲遂也不曾照管賈珍賈璉薛蟠等只顧猜謎行令百般作樂縱一時不見他在座只道在裡邊去了也不理論至於跟寶玉的小廝們那年紀大些的知寶玉這一來了必是晚上纔散因此偷空兒也有會賭錢的也有往親友家去的或賭或飲都私自散了待晚上再來那些小些的都鑽進戲房裡瞧熱鬧兒去了寶玉見一個人沒有因想素日這裡有個小書房內曾掛著一軸美人畫的很得神今日這般熱鬧想那裡自然無人那美人也自然是寂寞的須得我去望慰他一回想着便往那裡來剛到窗前聽見屋裡一片喘息之聲寶玉倒唬了一跳心想美人活了不成乃大着胆子䑛破窗紙向內一看那

軸美人却不曾活那是茗烟按着個女孩子也幹那警幻所訓之事正在得趣故此呻吟寶玉禁不住大叫了不得一脚踹進門去將兩個唬的抖衣而顫茗烟見是寶玉忙跪下哀求寶玉道青天白日這是怎麼說珍大爺要知道了你是死是活一面看那丫頭倒也白白淨淨兒的有些動人心處在那裡羞的臉紅耳赤低首無言寶玉跺脚道還不快跑一語提醒那丫頭飛跑去了寶玉又赶出去叫道你别怕我不告訴人急的茗烟在後叫祖宗這是分明告訴人了寶玉因問那丫頭十幾歲了茗烟道不過十六七了寶玉道連他的歲數也不問問就作這個事可見他白認得你了可憐可憐又問名字叫什麽茗烟笑道

若說出名字來話長真正新鮮奇文他說他母親養他的時節做了一個夢夢得了一疋錦上面是五色富貴不斷頭的卍字花樣所以他的名字就叫做萬兒寶玉聽了笑道想必他將來有些造化等我明兒說了給你作媳婦好不好茗煙也笑了因問二爺為何不看這樣的好戲寶玉道看了半日怪煩的出來逛逛就遇見你們了這會子作什麽呢茗烟微微笑道這會子沒人知道我悄悄的引二爺城外逛去一會兒再回這裡來寶玉道不好仔細花子拐了去況且他們知道了又鬧大了不如往近些的地方去還可就來茗煙道就近地方誰家可去這却難了寶玉笑道依我的主意偺們竟找花大姐姐去瞧他在

家作什麽呢茗烟笑道好好倒忘了他家又道他們知道了說我引着二爺胡走要打我呢寶玉道有我呢茗烟聽說拉了馬二人從後門就走了幸而襲人家不遠不過一半里路程轉眼已到門前茗烟先進去叫襲人之兄花自芳此時襲人之母接了襲人與幾個外甥女兒幾個姪女兒來家正吃菓茶聽見外面有人叫花大哥花自芳忙出去看時見是他主僕兩個唬的驚疑不定連忙抱下寶玉來至院內嚷道寶二爺來了別人聽見還可襲人聽了也不知為何忙跑出來迎着寶玉一把拉着問你怎麽來了寶玉笑道我怪悶的來瞧瞧你作什麽呢襲人聽了纔把心放下來說道你也胡鬧了可作什麽來呢一面又

問茗烟還有誰跟了來了茗烟笑道別人都不知道襲人聽了復又驚慌道這還了得倘或碰見人或是遇見老爺街上人擠馬碰有個失閃這也是頑得的嗎你們的膽子比斗還大呢都是茗煙調唆的等我回去告訴嬤嬤們一定打你個賊死茗煙撅了嘴道爺罵着打著叫我帶了來的這會子推到我身上我說別來罷要不我們回去罷花自芳忙勸道罷了已經來了也不用多說了只是茅簷草舍又窄又不干净爺怎麼坐呢襲人的母親也早迎出来了襲人拉着寶玉進去寶玉見房中三五個女孩兒見他進来都低了頭羞的臉上通紅花自芳母子兩個恐怕寶玉冷又讓他上炕又忙另擺菓子又忙倒好茶襲人

笑道你們不用白忙我自然知道不敢亂給他東西吃的一面說一面將自巳的坐褥拿了來鋪在一個杌子上扶著寶玉坐下又用自巳的脚爐墊了脚向荷包內取出兩個梅花香餅兒來又將自巳的手爐掀開焚上仍蓋好放在寶玉懷裡然後將自巳的茶杯斟了茶送與寶玉彼時他母兄巳是忙着齊齊整整的擺上一桌子菓品来襲人見總無可吃之物因笑道既来了沒有空回去的理好歹嚐一點兒也是来我家一輸說着捻了几個松瓤吹去細皮用手帕托着給他寶玉看見襲人兩眼微紅粉光融滑因悄問襲人道好好的哭什麼襲人笑道誰哭來着纔迷了眼揉的因此便遮掩過了因見寶玉穿著大紅金

褂狐腋箭袖外罩石青貂裘排穗褂說道你特爲往這裡來又換新衣裳他們就不問你往那裡去嗎寶玉道原是珍大爺請過去看戲換的襲人點頭又道坐一坐就回去罷這個地方兒不是你來得的寶玉笑道你就家去纔好呢我還替你留着好東西呢襲人笑道悄悄兒的罷叫他們聽著作什麼一面又伸手從寶玉項上將通靈玉摘下來向他姊妹們笑道你們見識見識時常說起來都當稀罕恨不能一見今兒可儘力兒瞧瞧再瞧什麼稀罕物兒也不過是這麼著了說畢遞與他們傳看了一遍仍與寶玉掛好又命他哥哥去僱一輛干干淨淨嚴嚴緊緊的車送寶玉回去花自芳道有我送去騎馬也不妨了襲人道不爲不妨爲的是碰見人花自芳忙去僱了一輛車來衆人也不好相留只得送寶玉出去襲人又抓些菓子給茗烟又把些錢給他買花爆放叫他別告訴人連你也有不是一面說着一直送寶玉至門前看着上車放下車簾茗烟二人牽馬跟隨來至寧府街茗烟命住車向花自芳道須得我和二爺還到東府裡混一混纔過去得呢看人家疑惑花自芳聽說有理忙將寶玉抱下車来送上馬去寶玉笑說倒難爲你了於是仍進了後門來俱不在話下卻說寶玉自出了門他房中這些丫鬟們都索性恣意的頑笑也有赶圍棋的也有擲骰抹牌的磕了一地的瓜子皮兒偏奶母李嬤嬤拄拐進来請安瞧瞧寶玉見

寶玉不在家了丫鬟們只顧頑鬧十分看不過因嘆道只從我出去了不大進來你們越發没了樣兒了別的嬤嬤越不敢說你們了那寶玉是個丈八的燈臺照見人家照不見自已的只知嫌人家腌臢這是他的房子由着你們遭塌越不成體統了這些丫頭們明知寶玉不講究這些二則李嬤嬤已是告老解事出去的了如今管不著他們因此只顧頑笑並不理他那李嬤嬤還只管問寶玉如今一頓吃多少飯什麽時候睡覺丫頭們總胡亂答應有的說好個討厭的老貨李嬤嬤又問道這蓋碗裡是酪怎麽不送給我吃說畢拿起就吃一個丫頭道快別動那是說了給襲人留着的回來又惹氣了你老人家自已承認

別帶累我們受氣李嬤嬤聽了又氣又愧便說道我不信他這麽壞了腸子別說我吃了一碗牛奶就是再比這個值錢的也是應該的難道待襲人比我還重難道他不想想怎麽長大了我的血變了奶吃的長這麽大如今我吃他碗牛奶他就生氣了我偏吃了看他怎麽着你們看襲人不知怎麽樣那是我手裡調理出來的毛丫頭什麽阿物兒一面說一面賭氣把酪全吃了又一個丫頭笑道他們不會說話怨不得你老人家生氣寶玉還送東西給你老人家去豈有爲這個不自在的李嬤嬤道你也不必粧狐媚子哄我打量上次爲茶攆茜雪的事我不知道呢明兒有了不是我再來領說着賭氣去了少時寶玉回

來命人去接襲人只見晴雯躺在床上不動寶玉因問可是病了還是輸了呢秋紋道他倒是贏的誰知李老太太來了混輸了他氣的睡去了寶玉笑道你們别和他一般見識由他去就是了說着襲人已來彼此相見襲人又問寶玉何處吃飯多早晚回來又代母妹問諸同伴姊妹好一時換衣卸粧寶玉命取酥酪來丫鬟們回說李奶奶吃了寶玉纔要說話襲人便忙笑說道原來留的是這個多謝費心前兒我因為好吃吃多了好肚子疼鬧的吐了纔好了他吃了倒好擱在這裡白遭塌了我只想風乾栗子吃你替我剝栗子我去鋪炕寶玉聽了信以為真方把酥酪丟開取了栗子來自向燈下檢剝一面見衆人不

在房中乃笑問襲人道今兒那個穿紅的是你什麽人襲人道那是我兩姨姐姐寶玉聽了讚嘆了兩聲襲人道嘆什麽我知道你心裡的緣故想是說他那裡配穿紅的寶玉笑道不是不是那樣的人不配穿紅的誰還敢穿我因為見他實在好的很怎麽也得他在偺們家就好了襲人冷笑道我一個人是奴才命罷了難道連我的親戚都是奴才命不成定還要揀實在好的丫頭纔往你們家來寶玉聽了忙笑道你又多心了我說往偺們家來必定是奴才不成說親戚就使不得襲人道那也搬配不上寶玉便不肯再說只是剝栗子襲人笑道怎麽不言語了想是我纔冒撞冲犯了你明兒賭氣花幾兩銀子買進他們

來就是了寶玉笑道你說的話怎麼叫人答言呢我不過是讚他好正配生在這深宅大院裡沒的我們這宗濁物倒生在這裡襲人道他雖沒這樣造化倒也是嬌生慣養的我姨父姨娘的寶貝兒是的如今十七歲各樣的嫁粧都齊備了明年就出嫁寶玉聽了出嫁二字不禁又嗐了兩聲正不自在又聽襲人嘆道我這幾年姊妹們都不大見如今我要回去了他們又都去了寶玉聽這話裡有文章不覺吃了一驚忙扔下栗子問道怎麼着你如今要回去襲人道我今兒聽見我媽和哥哥商量教我再耐一年明年他們上來就贖出我去呢寶玉聽了這話越發忙了因問爲什麼贖你呢襲人道這話奇了我又比不得

是這裡的家生子兒我們一家子都在別處獨我一個人在這裡怎麼是個了手呢寶玉道我不叫你去也難哪襲人道從來沒這個理就是朝廷宮裡也有定例幾年一挑幾年一放沒有長遠留下人的理別說你們家寶玉想一想果然有理又道老太太要不放你呢襲人道爲什麼不放呢我果然是個難得的或者感動了老太太太太不肯放我出去再多給我們家幾兩銀子留下也還有的其實我又不過是個最平常的人比我強的多而且多我從小兒跟著老太太先伏侍了史大姑娘幾年這會子又伏侍了你幾年我們家要來贖我正是該叫去的只怕連身價不要就開恩放我去呢要說爲伏侍的你好不叫我

去斷然沒有的事那伏侍的好是分內應當的不是什麼奇功我去了仍舊又有好的了不是沒了我就使不得的寶玉聽了這些話竟是有去的理無留的理心裡越發急了因又道雖然如此說我的一心要留下你不怕老太太不和你母親說多多給你母親些銀子他也不好意思接你了襲人道我媽自然不敢強且慢說和他好說又多給銀子就便不好和他說一個錢也不給安心要強留下我他也不敢不依但只是偺們家從沒幹過這倚勢仗貴霸道的事這比不得別的東西因爲喜歡加十倍利弄了來給你那賣的人不吃虧就可以行得的如今無故平空留下我于你又無益反教我們骨肉分離這件事老太

太太太肯行嗎寶玉聽了思忖半晌乃說道依你說來說去是去定了襲人道去定了寶玉聽了自思道誰知這樣一個人這樣薄情無義呢乃嘆道早知道都是要去的我就不該弄了來臨了剩我一個孤鬼兒說著便賭氣上牀睡了原來襲人在家聽見他母兄要贖他回去他就說至死也不回去又說當日原是你們沒飯吃就剩了我還值幾兩銀子要不叫你們賣沒有個看着老子娘餓死的理如今幸而賣到這個地方兒吃穿和主子一樣又不朝打暮罵況如今爹雖沒了你們却又整理的家成業就復了元氣若果然還艱難把我贖出來再多掏摸幾個錢也還罷了其實又不能了這會子又贖我做什麼權當我

死了再不必起贖我的念頭了因此哭了一陣他母兄見他這般堅執自然必不出來的了况且原是賣倒的死契明仗着賈宅是慈善寬厚人家兒不過求求只怕連身價銀一併賞了還是有的事呢二則賈府中從不曾踐作下人只有恩多威少的且凡老少房中所有親侍的女孩子們更比待家下衆人不同平常寒薄人家的女孩兒也不能那麽尊重因此他母子兩個就死心不贖了次後忽然寳玉去了他兩個又是那個光景兒母子二人心中更明白了越發一塊石頭落了地而且是意外之想彼此放心再無别意了且說襲人自幼兒見寳玉性格異常其淘氣憨頑出於衆小兒之外更有幾件千奇百怪口不能

言的毛病兒近來仗着祖母溺愛父母亦不能十分嚴緊拘管更覺放縱弛蕩任情恣性最不喜務正每欲勸時諒不能聽今日可巧有贖身之論故先用騙詞以探其情以壓其氣然後好下箴規今見寳玉默默睡去知其情有不忍氣已餒墮自已原不想栗子吃只因怕爲酥酪生事又像那茜雪之茶是以假要栗子爲由混過寳玉不提就完了於是命小丫頭子們將栗子拿去吃了自已來推寳玉只見寳玉淚痕滿面襲人便笑道這有什麽傷心的你果然留我我自然不肯出去寳玉見這話頭兒活動了便道你說說我還要怎麽留你我自已也難說了襲人笑道偺們兩個的好是不用說了但你要安心留我不在這

上頭我另說出三件事來你果然依了那就是真心留我了刀擱在脖子上我也不出去了寶玉忙笑道你說那幾件我都依你好姐姐好親姐姐別說兩三件就是兩三百件我也依的只求你們看守著我等我有一日化成了飛灰飛灰還不好灰還有形有跡還有知識的等我化成一股輕烟風一吹就散了的時候兒你們也管不得我我也顧不得你們了憑你們愛那裡去那裡去就完了急的襲人握他的嘴道好爺我正為勸你這些個更說的狠了寶玉忙說道再不說這話了襲人道這是頭一件要改的寶玉道改了再說你就擰嘴還有什麼襲人道第二件你真愛念書也罷假愛也罷只在老爺跟前或在別人跟前你別只管嘴裡混批只作出個愛念書的樣兒來也叫老爺少生點兒氣在人跟前也好說嘴老爺心裡想着我家代代念書只從有了你不承望不但不愛念書已經他心裡又氣又惱了而且背前面後混批評凡讀書上進的人你就起個外號兒叫人家祿蠹又說只除了什麼明明德外就沒書了都是前人自已混編纂出來的這些話你怎麼怨得老爺不氣不時時刻刻的要打你呢寶玉笑道再不說了那是我小時候兒不知天多高地多厚信口胡說的如今再不敢說了還有什麼呢襲人道再不許謗僧毀道的了還有更要緊的一件事再不許弄花兒弄粉兒偷着吃人嘴上擦的胭脂和那個愛紅的毛病兒

了寶玉道都改都改再有什麽快說罷襲人道也沒有了只是百事檢點些不任意任性的就是了你要果然都依了就拿八人轎也抬不出我去了寶玉笑道你這裡長遠了不怕沒八人轎你坐襲人冷笑道這我可不希罕的有那個福氣沒有那個道理總坐了也沒趣兒二人正說着只見秋紋走進來說三更天了該睡了方纔老太太打發嬷嬷來問我答應睡了寶玉命取表來看時果然針已指到子初二刻了方從新盥漱寛衣安歇不在話下至次日清晨襲人起來便覺身體發重頭疼目脹四肢火熱先時還扎挣的住次後捱不住只要睡因而和衣躺在炕上寶玉忙回了賈母傳醫胗視說道不過偶感風寒吃一

兩劑藥疎散疎散就好了開方去後令人取藥來煎好剛服下去命他蓋上被窩渥汗寶玉自去黛玉房中來看視彼時黛玉自在床上歇午丫鬟們皆出去自便滿屋內靜悄悄的寶玉揭起繡線軟簾進入裡間只見黛玉睡在那裡忙上來推他道好妹妹纔吃了飯又睡覺將黛玉喚醒黛玉見是寶玉因說道你且出去逛逛我前兒鬧了一夜今兒還沒歇過來渾身酸疼寶玉道酸疼事小睡出來的病大我替你解悶兒混過困去就好了黛玉只合着眼說道我不困只畧歇歇兒你且別處去鬧會子再來寶玉推他道我往那裡去呢見了別人就怪膩的黛玉聽了嗤的一笑道你既要在這裡那邊去老老實實的坐著偺

們說話兒寶玉道我也歪着黛玉道你就歪着寶玉道沒有枕頭偺們在一個枕頭上罷黛玉道放屁外頭不是枕頭拿一個來枕着寶玉出至外間看了一看囘來笑道那個我不要也不知是那個腌臢老婆子的黛玉聽了睜開眼起身笑道真真你就是我命中的魔星請枕這一個說着將自己枕的推給寶玉又起身將自己的再拿了一個來枕上二人對着臉兒躺下黛玉一回眼看見寶玉左邊腮上有鈕扣大小的一塊血漬便欠身湊近前來以手撫之細看道這又是誰的指甲劃破了寶玉側身一面躲一面笑道不是劃的只怕是纔剛替他們淘澄胭脂膏子濺上了一點兒說着便找絹子要擦黛玉便用自己的

絹子替他擦了咂着嘴兒說道你又幹這些事了幹也罷了必定還要帶出幌子來就是舅舅看不見別人看見了又當作奇怪事新鮮話兒去學舌討好兒吹到舅舅耳朵裡大家又該不得心淨了寶玉總沒聽見這些話只聞見一股幽香却是從黛玉袖中發出聞之令人醉魂酥骨寶玉一把便將黛玉的衣袖拉住要瞧瞧籠着何物黛玉笑道這時候誰帶什麼香呢寶玉笑道那麼着這香是那裡來的黛玉道連我也不知道想必是櫃子裡頭的香氣燻染的也未可知寶玉搖頭道未必這香的氣味奇怪不是那些香餅子香毬子香袋兒的香黛玉冷笑道難道我也有什麼羅漢真人給我些奇香不成就是得了奇香

也沒有親哥哥親兄弟弄了花兒朵兒霜兒雪兒替我炮製我有的是那些俗香罷了寶玉笑道凡我說一句你就拉上這些不給你們利害也不知道從今兒可不饒你了說着翻身起來將兩隻手呵了兩口便伸向黛玉膈肢窩內兩脇下亂撓黛玉素性觸癢不禁見寶玉兩手伸來亂撓便笑的喘不過氣來口裡說寶玉你再鬧我就惱了寶玉方住了手笑問道你還說這些不說了黛玉笑道再不敢了一面理鬢笑道我有奇香你有暖香沒有寶玉見問一時解不來因問什麼暖香黛玉點頭笑嘆道蠢才蠢才你有玉人家就有金來配你人家有冷香你就沒有暖香去配他寶玉方聽出來因笑道方纔告饒如今更說狠了說着又要伸手黛玉忙笑道好哥哥我可不敢了寶玉笑道饒你不難只把袖子我聞一聞說著便拉了袖子籠在面上聞個不住黛玉奪了手道這可該去了寶玉笑道要去不能偺們斯斯文文的躺着說話兒說着復又躺下黛玉也躺下用絹子蓋上臉寶玉有一搭沒一搭的說些鬼話黛玉總不理寶玉問他幾歲上京路上見何景致揚州有何古蹟土俗民風如何黛玉不答寶玉只怕他睡出病來便哄他道噯喲你們揚州衙門裡有一件大故事你可知道麼黛玉見他說的鄭重又且正言厲色只當是真事因問什麼事寶玉見問便忍著笑順口謅道揚州有一座黛山山上有個林子洞黛玉笑道這就扯謊自

來也沒聽見這山寶玉道天下山水多着呢你那裡都知道等我說完了你再批評黛玉道你說寶玉又謅道林子洞裡原來有一羣耗子精那一年臘月初七老耗子升座議事說明兒是臘八兒了世上的人都熬臘八粥如今我們洞裡菓品短少須得趁此打劫些個來纔好乃拔令箭一枝遣了個能幹小耗子去打聽小耗子回報各處都打聽了惟有山下廟裡菓米最多老耗子便問米有幾樣菓有幾品小耗子道米豆成倉菓品却只有五樣一是紅棗二是栗子三是落花生四是菱角五是香芋老耗子聽了大喜即時拔了一枝令箭問誰去偷米一個耗子便接令去偷米又拔令箭問誰去偷豆又一個耗子接令去

偷豆然後一一的都各領令去了只剩了香芋因又拔令箭問誰去偷香芋只見一個極小極弱的小耗子應道我願去偷香芋老耗子和衆耗見他這樣恐他不諳練又怯懦無力不准他去小耗子道我雖年小身弱却是法術無邊口齒伶俐機謀深遠這一去管比他們偷的還巧呢衆耗子忙問怎麼比他們巧呢小耗子道我不學他們直偷我只搖身一變也變成個香芋滚在香芋堆裡叫人瞧不出來却暗暗兒的搬運漸漸的就搬運盡了這不比直偷硬取的巧嗎衆耗子聽了都說妙却妙只是不知怎麼變你先變個我們瞧瞧小耗子聽了笑道這個不難等我變來說畢搖身說變竟變了一個最標緻美貌的一位

小姐衆耗子忙笑說錯了錯了原說變菓子怎麽變出個小姐來了呢小耗子現了形笑道我說你們沒見世面只認得這菓子是香芋都不知鹽課林老爺的小姐纔是真正的香玉呢黛玉聽了翻身爬起來按著寶玉笑道我把你這個爛了嘴的我就知道你是編派我呢說着便擰寶玉連連央告好妹妹饒了我能再不敢了我因爲聞見你的香氣忽然想起這個故典來黛玉笑道饒罵了人你還說是故典呢一語未了只見寶釵走來笑問誰說故典呢我也聽聽黛玉忙讓坐笑道你瞧瞧還有誰他饒駡了還說是故典寶釵笑道哦是寶兄弟啲怪不得他他肚子裡的故典本來多麽就只是可惜一件該用故典的時

候兒他就偏忘了有今兒記得的前兒夜裡的芭蕉詩就該記得呀眼面前兒的倒想不起來別人冷的了不得他只是出汗這會子偏又有了記性了黛玉聽了笑道阿彌陀佛倒底是我的好姐姐你一般也遇見對子了可知一還一報不爽不錯的剛說到這裡只聽寶玉房中一片聲吵嚷起來未知何事下回分解

紅樓夢第十九回終

紅樓夢第二十回

王熙鳳正言彈妬意　林黛玉俏語謔嬌音

話說寶玉在黛玉房中說耗子精寶釵撞來諷刺寶玉元宵不知綠蠟之典三人正在房中互相取笑那寶玉恐黛玉飯後貪眠一時存了食或夜間走了困身體不好幸而寶釵走來大家談笑那黛玉方不欲睡自已纔放了心忽聽他房中嚷起來大家側耳聽了一聽黛玉先笑道這是你媽媽和襲人叫喚呢那襲人待他也罷了你媽媽再要認真排揎他可見老背晦了寶玉忙欲赶過去寶釵一把拉住道你別和你媽媽吵纔是呢他是老糊塗了倒要讓他一步兒的是寶玉道我知道了說畢走

來只見李嬤嬤拄着拐杖在當地罵襲人忘了本的小娼婦兒我抬舉起你來這會子我來了你大模廝樣兒的躺在炕上見了我也不理一理兒一心只想粧狐媚子哄寶玉哄的寶玉不理我只聽你的話你不過是幾兩銀子買了來的小丫頭子罷咧這屋裡你就作耗起來了好不好的拉出去配一個小子看你還妖精是的哄人不哄襲人先只道李嬤嬤不過因他躺着生氣少不得分辯說病了纔出汗蒙着頭原沒看見你老人家後來聽見他說哄寶玉又說配小子由不得又羞又委屈禁不住哭起來了寶玉雖聽了這些話也不好怎樣少不得替他分辯說病了吃藥又說你不信只問別的丫頭李嬤嬤聽了這話

越發氣起來了說道你只護着那起狐狸那裡還認得我了呢叫我問誰去誰不帮着你呢誰不是襲人拿下馬來的我都知道那些事我只和你到老太太太太跟前去講講把你奶了這麼大到如今吃不著奶了把我扔在一邊兒逞著丫頭們要我的強一面說一面哭彼時黛玉寶釵等也過來勸道媽媽你老人家擔待他們些就完了李嬤嬤見他二人來了便訴委屈將當日吃茶茜雪出去和昨日酥酪等事嘮嘮叨叨說個不了可巧鳳姐正在上房算了輸贏賬聽見後面一片聲嚷便知是李嬤嬤老病發了又值他今兒輸了錢遷怒于人排揎寶玉的丫頭便連忙趕過來拉了李嬤嬤笑道媽媽別生氣大節下老太太剛喜歡了一日你是個老人家別人吵你還要管他們纔是難道你倒不知規矩在這裡嚷起來叫老太太生氣不成你說誰不好我替你打他我屋裡燒的滚熱的野鷄快跟了我喝酒去罷一面說一面拉着走又叫豐兒替你李奶奶拿着拐棍子擦眼淚的絹子那李嬤嬤脚不沾地跟了鳳姐兒走了一面還說我也不要這老命了索性今兒沒了規矩鬧一場子討個沒臉強似受那些娼婦的氣後面寶釵黛玉見鳳姐兒這般都拍手笑道虧他這一陣風來把個老婆子撮了去了寶玉點頭歎道這又不知是那裡的賬只揀軟的欺負又不知是那個姑娘得罪了上在他賬上了一句未完晴雯在旁說道誰又沒瘋了

得罪他做什麼既得罪了他就有本事承任犯不着帶累別人襲人一面哭一面拉着寶玉道為我得罪了一個老奶奶你這會子又為我得罪這些人這還不彀我受的還只是拉扯人寶玉見他這般病勢又添了這些煩惱連忙忍氣吞聲安慰他仍舊睡下出汗又見他湯燒火熱自巳守着他歪在旁邊勸他只養病別想那些沒要緊的事襲人冷笑道要為這些事生氣這屋裡一刻還住得了但只是天長日久儘着這麼鬧可叫人怎麼過呢你只顧一時為我得罪了人他們都記在心裡遇着坎兒說的好說不好聽的大家什麼意思呢一面說一面禁不住流淚又怕寶玉煩惱只得又勉強忍著一時雜使的老婆子端

了二和藥來寶玉見他纔有點汗兒便不叫他起來自巳端着給他就枕上吃了即令小丫鬟們鋪炕襲人道你吃飯不吃飯到底老太太太太跟前坐一會子和姑娘們頑一會子再回來我就靜靜的躺一躺也好啊寶玉聽說只得依他看着他去了簪環躺下纔去上屋裡跟着賈母吃飯飯畢賈母猶欲和那幾個老管家的嬤嬤鬪牌寶玉惦記襲人便回至房中見襲人朦朧睡去自巳要睡天氣尚早彼時晴雯綺霞秋紋碧痕都尋熱鬧找鴛鴦琥珀等耍戲去了見麝月一人在外間屋裡燈下抹骨牌寶玉笑道你怎麼不和他們去麝月道沒有錢寶玉道床底下堆着錢還不彀你輸的麝月道都樂去了這屋子交給誰

呢那一個又病了滿屋裡上頭是燈下頭是火那些老婆子們都老天拔地服侍了一天也該叫他們歇歇兒了小丫頭們也服侍了一天這會子還不叫頑頑兒去嗎所以我在這裡看着寶玉聽了這話公然又是一個襲人了因笑道我在這裡坐着你放心去罷麝月道你既在這裡越發不用去了偺們兩個說話兒不好寶玉道偺們兩個做什麼呢怪沒意思的也罷了早起你說頭上癢癢這會子沒什麼事我替你篦頭罷麝月聽了道使得說着將文具鏡匣搬來卸去釵鐶打開頭髮寶玉拿了篦子替他篦只篦了三五下兒見晴雯忙忙走進來取錢一見他兩個便冷笑道哦交盃盞兒還沒吃就上了頭了寶玉笑道你來我也替你篦篦晴雯道我沒這麼大造化說着拿了錢摔了簾子就出去了寶玉在麝月身後麝月對鏡二人在鏡內相視而笑寶玉笑着道滿屋裡就只是他磨牙麝月聽說忙向鏡中擺手兒寶玉會意忽聽唿一聲簾子响晴雯又跑進來問道我怎麼磨牙了偺們倒得說說麝月笑道你去你的罷又來拌嘴兒了晴雯也笑道你又護着他了你們瞞神弄鬼的打諒我都不知道呢等我撈回本兒來再說說著一徑去了這裡寶玉通了頭命麝月悄悄的伏侍他睡下不肯驚動襲人一宿無話次日清晨襲人已是夜間出了汗覺得輕鬆了些只吃些米湯靜養寶玉纔放了心因飯後走到薛姨媽這邊來閑逛彼時正

月內學房中放年學閨閣中忌針黹都是閒時因賈環也過來頑正遇見寶釵香菱鶯兒三個赶圍棋作耍賈環見了也要頑寶釵素日看他也如寶玉並沒他意今兒聽他要頑讓他上來坐在一處頑一注十個錢頭一回自已贏了心中十分喜歡誰知後來接連輸了幾盤就有些着急趕著這盤正該自已擲骰子若擲個七點便贏了若擲個六點也該贏擲個三點就輸了因拿起骰子來狠命一擲一個坐定了二那一個亂轉鶯兒拍着手只叫么賈環便瞪着眼六七八混叫那骰子偏生轉出么來賈環急了伸手便抓起骰子來就要拿錢說是個四點鶯兒便說明明是個么寶釵見賈環急了便瞅了鶯兒一眼說道越

大越没規矩難道爺們還賴你還不放下錢來呢鶯兒滿心委屈見姑娘說不敢出聲只得放下錢來口內嘟囔說一個做爺的還賴我們這幾個錢連我也瞧不起前兒和寶二爺頑他輸了那些也没着急下剩的錢還是幾個小丫頭子們一搶他一笑就罷了寶釵不等說完連忙喝住了賈環道我拿什麽比寶玉你們怕他都和他好都欺負我不是太太養的說着便哭寶釵忙勸他好兄弟快别說這話人家笑話又罵鶯兒正值寶玉走來見了這般景况問是怎麽了賈環不敢則聲寶釵素知他家規矩凡做兄弟的怕哥哥却不知那寶玉是不要人怕他的他想着兄弟們一併都有父母教訓何必我多事反生踈了况

且我是正出他是庶出饒這樣看待還有人背後談論還禁得轄治了他更有個獃意思存在心裡你道是何獃意因他自幼姐妹叢中長大親姊妹有元春探春叔伯的有迎春惜春親戚中又有湘雲黛玉寶釵等人他便料定天地間靈淑之氣只鍾於女子男兒們不過是些渣滓濁沫而已因此把一切男子都看成濁物可有可無只是父親伯叔兄弟之倫因是聖人遺訓不敢違忤所以弟兄間亦不過盡其大槩就罷了並不想自己是男子須要爲子弟之表率是以賈環等都不甚怕他只因怕賈母不依纔只得讓他三分現今寶釵生怕寶玉教訓他倒沒意思便連忙替賈環掩飾寶玉道大正月裡哭什麼這裡不好

到別處頑去你天天念書倒念糊塗了譬如這件東西不好橫豎那一件好就捨了這件取那件難道你守着這件東西哭會子就好了不成你原是要取樂兒倒招的自己煩惱還不快去呢賈環聽了只得回來趙姨娘見他這般因問是那裡墊了踹窩來了賈環便說同寶姐姐頑來着鶯兒欺負我賴我的錢寶玉哥哥攆了我來了趙姨娘啐道誰叫你上高抬盤了下流沒臉的東西那裡頑不得誰叫你跑了去討這沒意思正說着可巧鳳姐在窗外過都聽到耳內便隔著牕戶說道大正月裡怎麼了兄弟們小孩子家一半點兒錯了你只教導他說這樣話做什麼憑他怎麼著還有老爺太太管他呢就大口家啐他他

現是主子不好橫竪有教導他的人與你什麽相干環兒弟出來跟我頑去賈環素日怕鳳姐比怕王夫人更甚聽見叫他便赶忙出來趙姨娘也不敢出聲鳳姐向賈環道你也是個沒性氣的東西吻時常說給你要吃要喝要頑你愛和那個姐姐妹妹哥哥嫂子頑就和那個頑你總不聽我的話倒叫這些人教的你歪心邪意狐媚魘道的自己又不尊重要往下流裏走安着壞心還只怨人家偏心呢輸了幾個錢就這麽個樣兒因問賈環你輸了多少錢賈環見問只得諾諾的說道輸了一二百錢鳳姐啐道虧了你還是個爺輸了一二百錢就這麽着回頭叫豐兒去取一吊錢來姑娘們都在後頭頑呢把他送了去你

明兒再這麽狐媚子我先打了你再叫人告訴學裏皮不揭了你的爲你這不尊貴你哥哥恨的牙癢癢不是我攔着窩心脚把你的腸子還窩出來呢喝令去罷賈環諾諾的跟了豐兒得了錢自去和迎春等頑去不在話下且說寶玉正和寶釵頑笑忽見人說史大姑娘來了寶玉聽了連忙就走寶釵笑道等着咱們兩個一齊兒走瞧瞧他去說着下了炕和寶玉來至賈母這邊只見史湘雲大說大笑的見了他兩個忙站起來問好正值黛玉在旁因問寶玉打那裡來寶玉便說打寶姐姐那裡來黛玉冷笑道我說呢虧了絆住不然早就飛了來了寶玉道只許和你頑替你解悶兒不過偶然到他那裡就說這些閒話黛

可道好沒意思的話去不去管我什麼事又沒叫你替我解悶
兒還許你從此不理我呢說着便賭氣回房去了寶玉忙跟了
來問道好好兒的又生氣了就是我說錯了你到底也還坐坐
兒合別人說笑一會子啊黛玉道你管我呢寶玉笑道我自然
不敢管你只是你自己糟塌壞了身子呢黛玉道我作踐了我
的身子我死我的與你何干寶玉道何苦來大正月裡死了活
了的黛玉道偏說死我這會子就死你怕死你長命百歲的活
着好不好寶玉笑道要像只管這麽鬧我還怕死嗎倒不如死
了干凈黛玉忙道正是了要是這樣鬧不如死了干凈寶玉道
我說自家死了干凈別錯聽了話又賴人正說着寶釵走來說

史大妹妹等你呢說着便拉寶玉走了這黛玉越發氣悶只向
窗前流淚沒兩盞茶時寶玉仍來了黛玉見了越發抽抽搭搭
的哭個不住寶玉見了這樣知難挽回打疊起百樣的款語溫
言來勸慰不料自己沒張口只聽黛玉先說道你又來作什麽
死活憑我去罷了橫豎如今有人和你頑比我又會念又會作
又會寫又會說會笑又怕你生氣拉了你去哄著你你又來作
什麽呢寶玉聽了忙上前悄悄的說道你這麽個明白人難道
連親不隔疏後不僭先也不知道我雖糊塗却明白這兩句話
頭一件偺們是姑舅姐妹寶姐姐是兩姨姐妹論親戚也比你
遠第二件你先來偺們兩個一桌吃一床睡從小兒一處長大

的他是纔來的豈有個爲他遠你的呢黛玉啐道我難道叫你遠他我成了什麽人了呢我爲的是我的心寶玉道我也爲的是我的心你難道就知道你的心不知道我的心不成黛玉聽了低頭不語半日說道你只怨人行動嗔怪你你再不知道你慪的人難受就拿今日天氣比分明冷些怎麽你倒脫了青肷披風呢寶玉笑道何嘗沒穿見你一惱我一暴燥就脫了黛玉歎道囬來傷了風又該訛着吵吃的了二人正說着只見湘雲走來笑道愛哥哥林姐姐你們天天一處頑我好容易來了也不理我理兒黛玉笑道偏是咬舌子愛說話連個二哥哥也叫不上來只是愛哥哥愛哥哥的囬來赶圍棋兒又該你鬧么愛

三了寶玉笑道你學慣了明兒連你還咬起來呢湘雲道他再不放人一點兒專會挑人就筭你比世人好也不犯見一個打趣一個我指出個人來你敢挑他我就服你黛玉便問是誰湘雲道你敢挑寶姐姐的短處就筭你是個好的黛玉聽了冷笑道我當是誰原來是他我可那裡敢挑他呢寶玉不等說完忙用話分開湘雲笑道這一輩子我自然比不上你我只保佑着明兒得一個咬舌兒林姐夫時時刻刻你可聽愛呀厄的去阿彌陀佛那時纔現在我眼裡呢說的寶玉一笑湘雲忙囬身跑了要知端詳且聽下囬分解

紅樓夢第二十回終